MALBROUGH
Cadet Rousselle

LES HÉROS COMIQUES

LE ROI DAGOBERT — MALBROUGH
CADET ROUSSELLE

LES
HÉROS COMIQUES

LE ROI DAGOBERT — MALBROUGH
CADET ROUSSELLE

DESSINS DE JOB

Texte par ÉMILE FAGUET
de l'Académie Française

PARIS
HENRI LAURENS, Éditeur
6, Rue de Tournon, 6
1926

LA GAITÉ POPULAIRE

Quel que soit le peuple que nous considérions, il est remarquable combien nous avons peu de spécimens de la gaîté populaire, de la muse comique populaire, de la joie vraiment plébéienne.

A Athènes, même du temps de la « Comédie ancienne », il est bien entendu que la comédie d'Aristophane, ou de ses émules, encore que contenant des parties « très peuple », comme aurait dit Saint-Simon, et même un peu trop, est surtout un divertissement de lettrés, écrit par des lettrés et des surlettrés, ne sort point du tout de la veine profonde et n'est aucunement inspirée par le « bonhomme Démos ».

En Italie ancienne, les Atellanes, ces comédies où figurent le Polichinelle (— Déjà ? — Oui !), le Jocrisse, le Cassandre, le Glouton, etc., ces comédies d'où devaient sortir, par une tradition plus ou moins interrompue et reprise, les personnages de la Commedia dell' Arte et de la Comédie italienne moderne proprement dite, les Atellanes, sont littérature vraiment populaire et, avec les chansons de soldats dont nous avons conservé quelques bribes, constituent toute la littérature populaire latine.

Chez nous, il ne faut pas, ou il faut à peine ranger les fabliaux du moyen âge dans la littérature comique populaire. Ils sont œuvres de lettrés, presque autant que la comédie aristophanesque et, s'ils ont été pensés par le peuple, ils ont été un peu trop repensés par ceux qui les ont écrits et qui, évidemment, étaient au moins des demi-lettrés.

La littérature populaire est dans la chanson rustique et la chanson des faubourgs des villes. Or, il faut bien le remarquer, la chanson rustique et la chanson des faubourgs des villes sont très rarement gaies. Elles sont élégiaques, sentimentales, souvent tristes, parfois tragiques ; satiriques (ce qui ne veut pas dire gaies) souvent aussi ; gaies, joyeuses, joviales, sentant la bonne humeur et sonnant le franc rire, presque jamais. Il en est ainsi chez tous les peuples que nous connaissons et même en France.

Les chansons populaires du moyen âge, telles que l'on en trouve des spécimens dans la chronique de Monstrelet sont presque toutes tristes, ou mélancoliques. Le type en est cette chanson (déjà un peu tournée à la littérature) d'Adam de la Halle (fin du XIIIᵉ siècle) que je traduis en français moderne du mieux que je puis en lui ôtant beaucoup de ses grâces naïves. Notez que c'est une des plus souriantes :

> Plus j'approche mon pays
> Plus il me paraît aimable,
> Et plus amoureux j'en suis ;
> Plus je trouve gent sortable,
> Plus air doux, plus lieux jolis,
> Plus chère d'hôtes affable :
> Que suave est mon pays !
>
> Encor ceci m'est plaisant
> Qu'y vois mainte et mainte belle,
> Dont quelqu'une me rappelle
> Celle que je fus aimant,
> Et me donne saveur d'elle.
> Quand me dit parole telle,
> Mon pays est bien disant !

La chanson, plus tard, et c'est-à-dire à partir du seizième siècle, se préoccupa très souvent des événements historiques, au jour le jour, mais souvent les dénaturant et se dénaturant à mesure que l'événement historique s'éloignait. C'est ainsi

que la chanson faite sur le très illustre Jacques de Chabannes de la Palisse, mort
à la bataille de Pavie (1525) portait d'abord ce texte :

> Monsieur La Palisse est mort,
> Mort devant Pavie ;
> Hélas ! s'il n'était pas mort
> Il ferait *encore* envie.

Ce qui est devenu, comme on sait, parce que le texte primitif ne se comprenait
plus :

> Monsieur La Palisse est mort,
> Mort devant Pavie ;
> Hélas ! s'il n'était pas mort
> Il serait *encore* en vie.

Puis, par une sorte de renchérissement sur la niaiserie voulue du texte :

> Monsieur La Palisse est mort,
> Mort de maladie ;
> Un quart d'heure avant sa mort
> Il était encore en vie.

La gaîté populaire affecte souvent la niaiserie. *Elle* met en scène *un personnage* borné qui dit des sottises dont on rit, ou un personnage narquois qui dit volon-
tairement des sottises dont on rit et qui rit lui-même de ce qu'on croit qu'il est un
sot. Ce double jeu plaît extrêmement au peuple. Il est celui que jouent les pîtres des
baraques foraines. Il est le sel même de la Chanson du Roi Dagobert et de la chanson de Cadet Rousselle.

La gaîté populaire n'est pas de l'esprit ; et ne veut pas être de l'esprit. Elle est
de la gaîté assaisonnée de raillerie contre quelqu'un ou contre elle-même. Elle
trouve drôle un roi bon enfant qui a des distractions peu d'accord avec sa majesté
et qui en convient avec sang-froid et précision ; elle trouve drôle le cortège funèbre
d'un grand seigneur où chaque officier du défunt porte quelque chose lui ayant
appartenu et où celui qui ne porte rien est embarrassé de sa personne ; elle trouve
drôle un homme dans la vie duquel tout se fait par trois, ou plutôt elle se trouve

plaisante elle-même d'imaginer un personnage tel et de réussir à l'ajuster et à
s'ajuster toujours à ce cadre.

Cette gaîté est toujours saine ; la malhonnêteté n'est pas populaire. Le peuple
est un grand enfant qui joue et qui se plaît honnêtement et naïvement à des coq-à-
l'âne. Il y met souvent bien du bon sens, quelquefois même une pensée profonde, ou
plutôt il les y laisse entrer comme par mégarde. La chanson populaire, c'est le bon
sens de l'humanité chatouillé d'un rayon de soleil et riant d'un rire de bon géant.
Ne doutez point que Gargantua n'ait fait des chansons et n'en ait bercé Panta-
gruel.

L E R O I D AGOBERT

DAGOBERT est peu connu au point de vue littéraire. On ne sait que
très peu de choses sur la chanson qui porte son nom. Par la langue,
mais surtout par le tour de phrase (car la langue surtout peut changer et,
d'âge en âge, se rajeunir), elle ne semble pas remonter plus haut que le
xviiie siècle. La musique est très nettement un air de chasse, sur quatre
notes, comme presque tous les airs de cette catégorie.

Quant au Roi Dagobert et à sa légende à travers les siècles, nous en
savons davantage. Il était fils de Clotaire II, roi d'Austrasie (France de
l'Est actuelle et Allemagne de l'Ouest actuelle), il naquit en 604, fut roi
d'Austrasie d'abord, puis de Neustrie (France de l'Ouest) à la mort de son
père, puis roi d'Aquitaine (France du Sud-Ouest) à la mort de son frère
Caribert. Il guerroya avec succès contre les Saxons à l'Est et contre les
Gascons au Sud. Son règne fut heureux. Il était de caractère jovial et
galant. Il semble avoir été le Henri IV du moyen âge. Et il fut, en effet,
parmi les rois francs, avec Charlemagne, le

Seul roi de qui le peuple ait gardé la mémoire.

o I o

, Les chansons de geste le célébrèrent sous le nom de Floovant, ou plutôt la légende de Floovant, fils de Clovis, s'est confondue souvent avec celle de Dagobert. Les *Gesta Dagoberti* sont une chronique où des aventures burlesques et gaillardes attribuées à Dagobert s'étalent largement et avec ampleur.

Son ami saint Eloi, grand artiste en orfèvrerie, fut son ministre des finances et son ministre des affaires étrangères et son homme de confiance en toutes choses. De celui-ci, saint Ouen, son ami, qui fut archevêque de Rouen, a écrit une biographie, mais très sérieuse.

Il est probable que, par les *Gesta Dagoberti* et les gestes de Floovant, la légende de Dagobert s'est maintenue pendant tout le moyen âge, puis qu'elle est passée dans quelques-uns de ces romans de chevalerie que nous ne possédons pas tous; puis que, comme tant d'autres de ces héros des romans de chevalerie, Dagobert finit par être mis en chanson populaire, tout en France finissant par des chansons.

Ce qu'il y a d'assez curieux, c'est que Dagobert, qui appartient à l'histoire du viiᵉ siècle, appartient aussi à celle du xviiᵉ. A l'époque qui succéda à la paix de Nimègue (1679) et où Louis XIV, en pleine paix, annexait à son royaume des morceaux d'Allemagne, en se prétendant autorisé à cela par d'anciennes chartes, on remonta jusqu'à Dagobert pour prouver que tel district se rattachait et devait être réuni, soit à Strasbourg, soit à telle autre ville. Dagobert mort conquérait l'Austrasie. Il a cette analogie avec le Cid Campéador; mais le Cid ne gagnait des batailles, attaché mort sur son cheval, que le lendemain ou le surlendemain de son trépas; et Dagobert conquérait des cantons, sans livrer de batailles, du fond de son tombeau de Saint-Denis et mille ans après sa mort. Dagobert est vénérable.

La popularité du roi Dagobert n'est pas éteinte, puisqu'en 1908 la Comédie-Française a représenté, avec un très grand succès du reste, une comédie en vers de M. André Rivoire, intitulée *le Roi Dagobert*, et où le vieux roi franc tient, en effet, le principal personnage. L'auteur, il est vrai, n'a pas suivi la légende populaire, dont il n'aurait pas eu grand chose à tirer.

La bonhomie et la distraction du roi Dagobert le rapprochent de La Fontaine. La Fontaine ayant demandé à un abbé qui avait plus d'esprit de saint Augustin et de Rabelais, l'abbé répondit : « Monsieur de La Fontaine, vous avez mis vos bas à l'envers » et c'était vrai. Dagobert allait plus haut dans la distraction. Ils sont populaires tous les deux. En France, on a toujours un faible pour ceux qui mettent quelque chose à l'envers. Sans médire ni de La Fontaine, ni de Dagobert, il ne faut pas trop donner dans ce faible-là.

LE ROI DAGOBERT

Le Roi Dagobert

Le bon roi Dagobert
Avait sa culotte à l'envers;
Le grand saint Eloi
Lui dit : « O mon roi!
Votre Majesté
Est mal culotté.
— C'est vrai, lui dit le roi;
Je vais la remettre à l'endroit. »

Le bon roi Dagobert
Fut mettre son bel habit vert;
Le grand saint Eloi
Lui dit : « O mon roi!
Votre habit paré
Au coude est percé.
— C'est vrai, lui dit le roi;
Le tien est bon : prête-le-moi! »

Du bon roi Dagobert
Les bas étaient rongés des vers;
Le grand saint Eloi
Lui dit : « O mon roi!
Vos deux bas cadets
Font voir vos mollets.
— C'est vrai, lui dit le roi;
Les tiens sont bons : donne-les-moi. »

Le bon roi Dagobert
Faisait peu sa barbe en hiver ;
Le grand saint Éloi
Lui dit : « O mon roi !
Il faut du savon
Pour votre menton.
— C'est vrai, lui dit le roi ;
As-tu deux sous ? prête-les-moi. »

Du bon roi Dagobert
La perruque était de travers ;
Le grand saint Eloi
Lui dit : « O mon roi !
Votre perruquier
Vous a mal coiffé.
— C'est vrai, lui dit le roi ;
Je prends ta tignasse pour moi. »

Le bon roi Dagobert
Portait manteau court en hiver ;
Le grand saint Eloi
Lui dit : « O mon roi !
Votre Majesté
Est bien écourté.
— C'est vrai, lui dit le roi ;
Fais-le rallonger de deux doigts. »

Le bon roi Dagobert
Chassait dans la plaine d'Anvers;
Le grand saint Eloi
Lui dit : « O mon roi!
Votre Majesté
Est bien essoufflé.
— C'est vrai, lui dit le roi;
Un lapin courait après moi. »

Le bon roi Dagobert
Allait à la chasse au pivert;
Le grand saint Eloi
Lui dit : « O mon roi!
La chasse aux coucous,
Vaudrait mieux pour vous.
—Eh bien, lui dit le roi;
Je vais tirer : prends garde à toi. »

Les chiens de Dagobert
Etaient de gale tout couverts;
Le grand saint Eloi
Lui dit : « O mon roi!
Pour les nettoyer
Faudrait les noyer.
—Eh bien, lui dit le roi;
Va-t'en les noyer avec toi. »

Le bon roi Dagobert
Avait un grand sabre de fer ;
Le grand saint Eloi
Lui dit : « O mon roi!
Votre Majesté
Pourrait se blesser.
— C'est vrai, lui dit le roi ;
Qu'on me donne un sabre de bois. »

Le bon roi Dagobert
Se battait à tort, à travers ;
Le grand saint Eloi
Lui dit : « O mon roi!
Votre Majesté
Se fera tuer.
— C'est vrai, lui dit le roi ;
Mets-toi bien vite devant moi. »

Le bon roi Dagobert
Voulait conquérir l'univers ;
Le grand saint Eloi
Lui dit : « O mon roi!
Voyager si loin
Donne du tintouin.
— C'est vrai, lui dit le roi ;
Il vaudrait mieux rester chez soi. »

Le bon roi Dagobert
Voulait s'embarquer sur la mer ;
Le grand saint Eloi
Lui dit : « O mon roi !
Votre Majesté
Se fera noyer.
— C'est vrai, lui dit le roi ;
On pourra crier : le roi boit. »

Le roi faisait la guerre,
Mais il la faisait en hiver ;
Le grand saint Eloi
Lui dit : « O mon roi !
Votre Majesté
Se fera geler
— C'est vrai, lui dit le roi ;
Je m'en vais retourner chez moi. »

Le bon roi Dagobert
Avait un vieux fauteuil de fer ;
Le grand saint Eloi
Lui dit : « O mon roi !
Votre vieux fauteuil
M'a donné dans l'œil.
— Eh bien, lui dit le roi ;
Fais-le vite emporter chez toi. »

Le bon roi Dagobert
Mangeait en glouton du dessert ;
Le grand saint Eloi
Lui dit : « O mon roi!
Vous êtes gourmand,
Ne mangez pas tant.
— Bah! bah! lui dit le roi;
Je ne le suis pas tant que toi. »

Le bon roi Dagobert
Ayant bu, allait de travers ;
Le grand saint Eloi
Lui dit : « O mon roi!
Votre Majesté
Va tout de côté.
— Eh bien, lui dit le roi;
Quand t'es gris, marches-tu plus droit ? »

Le roi faisait des vers,
Mais il les faisait de travers ;
Le grand saint Eloi
Lui dit : « O mon roi!
Laissez aux oisons
Faire des chansons.
— C'est vrai, lui dit le roi;
C'est toi qui les feras pour moi. »

Quand Dagobert mourut,
Le diable aussitôt accourut ;
Le grand saint Eloi
Lui dit : « O mon roi !
Satan va passer :
Faut vous confesser.
— Hélas, dit le bon roi ;
Ne pourrais-tu mourir pour moi ? »

Malbrough

Malbrough, c'est-à-dire le duc de Marlborough qui, ayant un nom très difficile à prononcer pour nous, est devenu « Monsieur Malbrough » dans le langage des soldats et des hommes du peuple, était un général anglais qui nous fit beaucoup de mal dans les guerres de 1702 à 1710.

Il ne mourut pas à la guerre, mais très longtemps après être rentré dans la retraite, en 1722, à l'âge de 72 ans.

Ce fut un très grand homme de guerre, qui eut en France cette popularité de la haine qui est plus tenace que l'autre.

Ce qu'il y a de très curieux et que je tiens, avec d'autres détails, du savant bibliothécaire du Conservatoire, M. Tiersot, c'est que la chanson sur la mort de Malbrough est antérieure à la mort de Marlborough et à sa naissance et très antérieure à toutes les deux. Il y a eu, en remontant au moins au commencement du XVIIe siècle, une chanson populaire sur la mort du duc de Guise où on lisait :

C'est le grand duc de Guise
Qu'est mort et enterré.
*   Et bon, bon, bon, bon ;*
*   Di dom, di dom, don ;*
Qu'est mort et enterré.

Aux quatre coins du poele
Quat'gentilhomme' y avait ;
Dont l'un portait son casque ;
*   Et bon, bon, bon, bon ;*
*   Di dom, di dom, don ;*
Et l'autre son épée

Au commencement, sans doute, du xviiie siècle et Marlborough n'étant pas mort, mais le bruit de sa mort ayant couru, le peuple substitua au nom du duc de Guise qui s'enfonçait dans l'oubli, celui du duc de Marlborough, qui était tout à fait de saison.

A la fin du xviiie siècle, la chanson eut un regain d'actualité, à cause des circonstances suivantes. Lorsque le Dauphin qui devait plus tard être Louis XVI et Marie-Antoinette, son épouse, eurent leur premier enfant, Louis-Joseph, on fit venir de province une nourrice qui, par parenthèse, comme pour le divertissement des mauvais plaisants, s'appelait Madame Poitrine. Or, cette nourrice berçait l'enfant royal avec une chanson et un air de son pays que la cour ne connaissait pas ; c'était *Malbrough s'en va-t-en guerre*. Air et chanson plurent à Marie-Antoinette qui les fredonna. La cour suivit. Dans la ville, ce fut la chanson à la mode vers 1784.

Une trace de cette vogue c'est, dans la comédie du *Mariage de Figaro*, de Beaumarchais, la chanson de Chérubin sur l'air de Malbrough :

J'avais une marraine,
Que mon cœur, mon cœur a de peine...

Plus tard, Victor Hugo, assez malencontreusement à notre avis, reprit ce timbre et mit sur lui des paroles funèbres et cruelles. C'est un des poèmes des *Châtiments* :

Dans l'affreux cimetière —
Paris tremble, ô douleur, ô misère...

o 2 o

Il faut reconnaître pourtant que l'air de Malbrough, en ralentissant le mouvement, comme on pense bien, se prête fort bien aux paroles de deuil. Après tout, c'est un air d'enterrement.

On connaît beaucoup de variantes des paroles de *Monsieur Malbrough*. La forme fixée et arrêtée, celle que vous connaissez tous et que nous donnons ici, est celle de la chanson qui a plu à Marie-Antoinette.

On ne devine guère la philosophie, comme diraient les doctes, de la chanson de Malbrough, c'est-à-dire le sens moral qu'elle contient. Elle n'est que l'expression de la joie mauvaise que ressent un peuple quand il voit mourir un ennemi ou, simplement, un grand de la terre. C'est une oraison funèbre burlesque.

Elle dit à sa manière : « Nous mourons tous ; considérons ces grandes puissances que nous regardons de si bas ; Dieu les frappe comme les plus petits. »

Il n'est pas impossible que ce soit là l'*intention* de la chanson de Malbrough. Il est possible aussi qu'elle n'en ait aucune. Que de choses ont réussi, sans rien dire, avec un joli air ! Que d'hommes aussi !

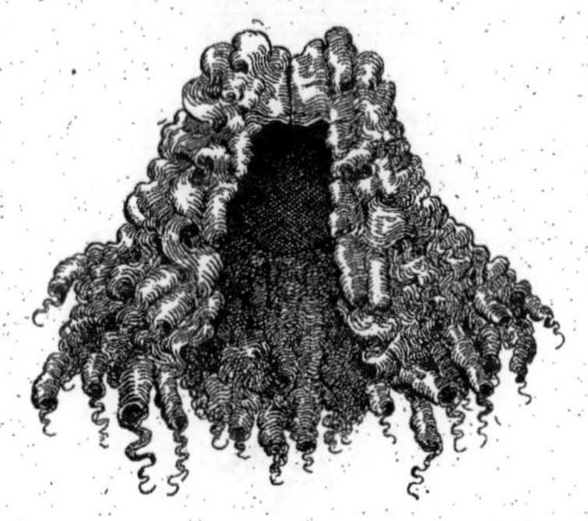

MALBROUGH

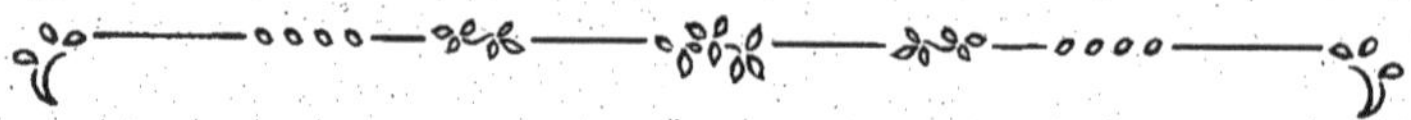

Mal brough s'en va - t - en guer — re, Mi - ron -ton, mi - ron-ton, mi - ron-
- tai — ne, Mal-brough s'en va - t - en guer — re Ne sait quand re - vien-
- dra Ne sait quand re - vien-dra Ne sait quand re - vien - dra
Fin

MALBROUGH

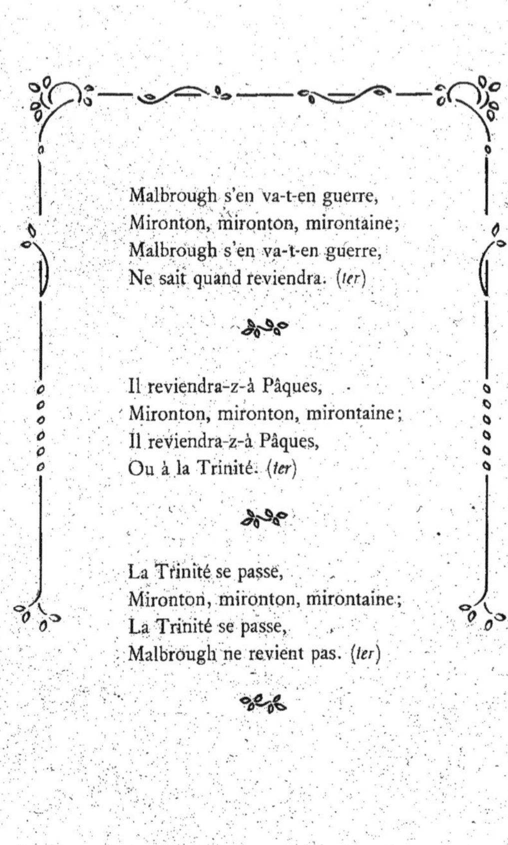

Malbrough s'en va-t-en guerre,
Mironton, mironton, mirontaine;
Malbrough s'en va-t-en guerre,
Ne sait quand reviendra. (*ter*)

Il reviendra-z-à Pâques,
Mironton, mironton, mirontaine;
Il reviendra-z-à Pâques,
Ou à la Trinité. (*ter*)

La Trinité se passe,
Mironton, mironton, mirontaine;
La Trinité se passe,
Malbrough ne revient pas. (*ter*)

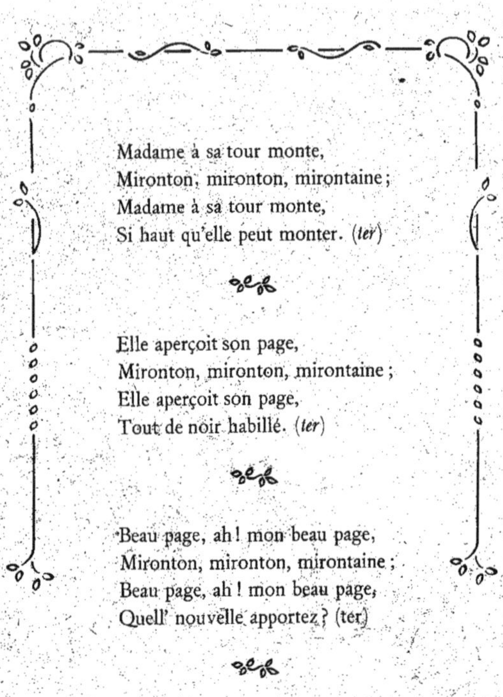

Madame à sa tour monte,
Mironton, mironton, mirontaine ;
Madame à sa tour monte,
Si haut qu'elle peut monter. *(ter)*

Elle aperçoit son page,
Mironton, mironton, mirontaine ;
Elle aperçoit son page,
Tout de noir habillé. *(ter)*

Beau page, ah ! mon beau page,
Mironton, mironton, mirontaine ;
Beau page, ah ! mon beau page,
Quell' nouvelle apportez ? (ter)

Aux nouvell's que j'apporte,
Mironton, mironton, mirontaine ;
Aux nouvell's que j'apporte,
Vos beaux yeux vont pleurer. (*ter*)

Quittez vos habits roses,
Mironton, mironton, mirontaine ;
Quittez vos habits roses,
Et vos satins brochés. (*ter*)

Monsieur Malbrough est mort,
Mironton, mironton, mirontaine ;
Monsieur Malbrough est mort,
Est mort et enterré... (*ter*)

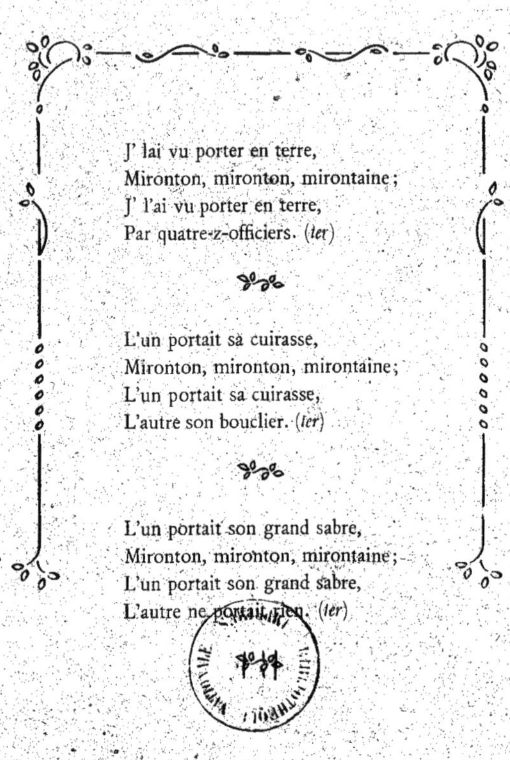

J' l'ai vu porter en terre,
Mironton, mironton, mirontaine;
J' l'ai vu porter en terre,
Par quatre-z-officiers. (ter)

L'un portait sa cuirasse,
Mironton, mironton, mirontaine;
L'un portait sa cuirasse,
L'autre son bouclier. (ter)

L'un portait son grand sabre,
Mironton, mironton, mirontaine;
L'un portait son grand sabre,
L'autre ne portait rien. (ter)

A l'entour de sa tombe,
Mironton, mironton, mirontaine;
A l'entour de sa tombe,
Romarins l'on planta. *(ter)*

Sur la plus haute branche,
Mironton, mironton, mirontaine;
Sur la plus haute branche,
Le rossignol chanta. *(ter)*

On vit voler son âme,
Mironton, mironton, mirontaine;
On vit voler son âme,
Au travers des lauriers. *(ter)*

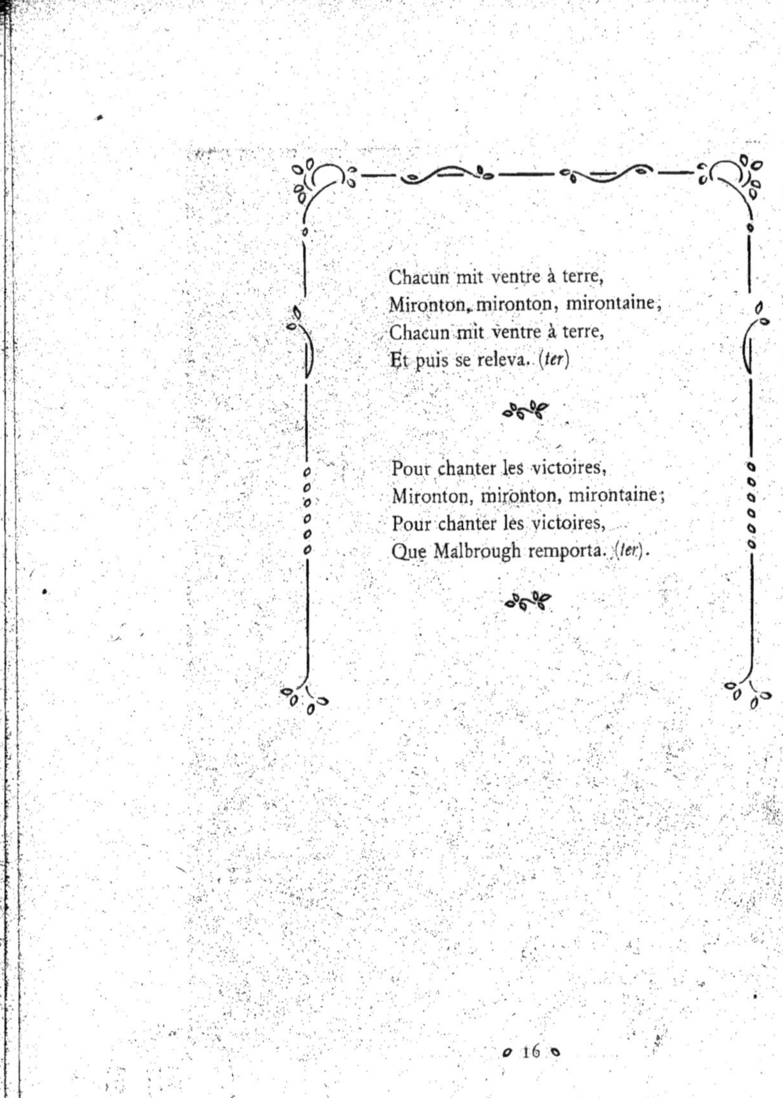

Chacun mit ventre à terre,
Mironton, mironton, mirontaine ;
Chacun mit ventre à terre,
Et puis se releva. *(ter)*

Pour chanter les victoires,
Mironton, mironton, mirontaine ;
Pour chanter les victoires,
Que Malbrough remporta. *(ter)*.

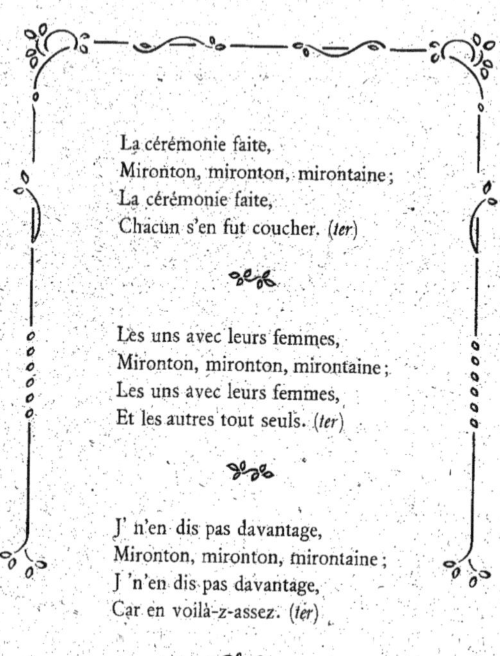

La cérémonie faite,
Mironton, mironton, mirontaine ;
La cérémonie faite,
Chacun s'en fut coucher. *(ter)*

Les uns avec leurs femmes,
Mironton, mironton, mirontaine ;
Les uns avec leurs femmes,
Et les autres tout seuls. *(ter)*

J' n'en dis pas davantage,
Mironton, mironton, mirontaine ;
J' n'en dis pas davantage,
Car en voilà-z-assez. *(ter)*

CADET ROUSSELLE

ADET ROUSSELLE a peut-être existé. On a quelque raison de le croire ou, du moins, de le supposer. S'il a existé, c'est vers 1789 ; car la chanson, telle qu'on la connaît sous sa plus ancienne forme, contient des allusions à La Fayette et à la Garde nationale. Le costume traditionnel du sieur Cadet Rousselle, tel que nous le trouvons dans de vieilles gravures et tel que M. Job, avec pleine raison, le reproduit ici, est le costume intermédiaire entre celui de 1789 et celui du Directoire.

Grâce encore à M. Tiersot, je sais que la chanson de Cadet Rousselle est un *démarquage* évident de la chanson plus antique de Jean de Nivelles. Ce Jean de Nivelles est, lui, un personnage historique, et la chanson qu'on fit sur lui est un témoignage du patriotisme de nos pères. Jean de Montmorency-Nivelles, du temps de Louis XI, embrassa le parti du duc de Bourgogne contre le roi de France,

et fut comblé d'honneurs et de biens par Charles le Téméraire, duc
de Bourgogne. Le peuple le prit pour cela en exécration et l'appela :
« Ce chien de Jean de Nivelles » qui « fuit quand son roi fait appel à
lui. » De là, le souvenir historique s'obscurcissant, l'histoire de *ce chien*
sans métaphore, qui *appartient à Jean de Nivelles* et qui fuit quand on
l'appelle.

La *farce des deux savetiers*, qui est du commencement du xviᵉ siècle,
contient un couplet dont Jean de Nivelles est la matière. Le premier texte
imprimé de la chanson elle-même de Jean de Nivelles est de 1612, et,
dans ce texte, déjà tout est par trois, tout vient par trois, tout se fait par
trois. C'est le thème initial, sans qu'on puisse savoir ce qui a donné au
premier auteur de la chanson l'idée de cette ternarité.

En 1615, à Caen, parut un recueil « des plus beaux airs de France ».
La chanson de Jean de Nivelles y est.

On connaît encore un Jean de Nivelles, chanson provençale en langue
provençale.

C'est de ce Jean de Nivelles, si ancien dans la légende et dans la
chanson populaire française, que Cadet Rousselle procède.

Cadet Rousselle est le type du niais bon enfant, ou du bon enfant qui
fait le niais et qui en rit le premier. C'est lui, on le sent bien, qui dit de
lui-même : « Je n'ai que trois deniers, c'est pour payer mes créanciers ;
je n'ai que trois maisons sans poutres ni chevrons, c'est pour loger les
hirondelles », et c'est la foule qui répond : « Ah ! vraiment ! Cadet Rousselle est bon enfant. » C'est un protagoniste, comme dans l'ancienne tra-
gédie grecque, mais un protagoniste comique, avec un chœur qui lui
répond, qui lui rit sans rire de lui, et qui l'approuve comme le héros de la
bonne humeur.

A cet égard, il se rattache étroitement à un autre type de la pauvreté
joviale et goguenarde, Roger Bontemps. Roger Bontemps qui fut au
xviᵉ siècle Roger de Collerye, et qui se donna à lui-même le sobriquet de

Bontemps, vécut dans la mémoire populaire jusqu'à nos jours, et on le retrouve encore dans Béranger :

Posséder dans sa hutte
Une table, un vieux lit,
Des cartes, une flûte,
Un broc que Dieu remplit,
Un portrait de déesse,
Un coffre et rien dedans :
Eh ! gai ! C'est la richesse
Du gros Roger Bontemps.

on voit assez l'analogie avec la « richesse » de Cadet Rousselle.

Cadet Rousselle a fourni la matière d'une jolie comédie-bouffe, prestement rimée par M. Jean Richepin, et jouée en 1903 au Théâtre Trianon, avec un très grand succès.

Cadet Rousselle est cher au bon peuple de France; il est la bonté, la bonne humeur, la gaîté et l'insouciance. Cadet Rousselle est un cadet de Gascogne, moins le panache.

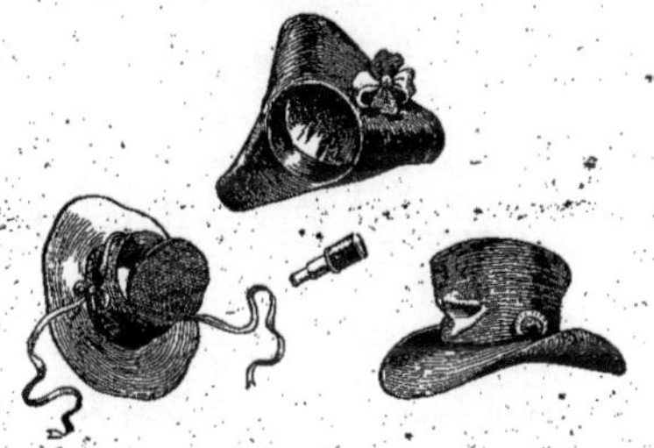

CADET ROUSSELLE

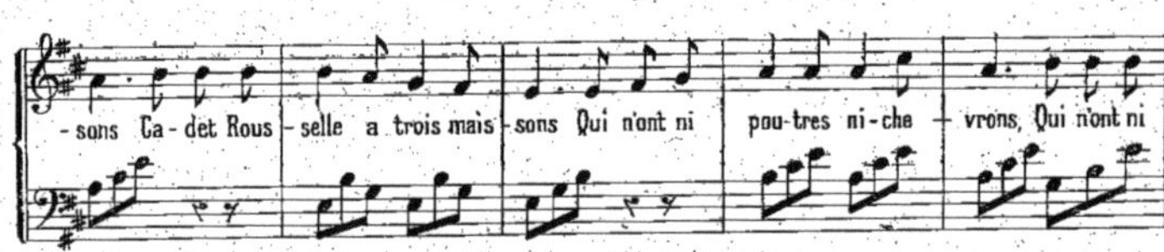

Cadet
Rousselle

Cadet Rousselle a trois maisons, *(bis)*
Qui n'ont ni poutres ni chevrons! *(bis)*
C'est pour loger les hirondelles ;
Que direz-vous d' Cadet Rousselle ?

Ah ! Ah ! Ah ! mais vraiment,
Cadet Rousselle est bon enfant.

Cadet Rousselle a trois habits, *(bis)*
Deux jaunes, l'autre en papier gris ; *(bis)*
Il met celui-là quand il gèle,
Ou quand il pleut et quand il grêle.

Ah ! Ah ! Ah ! mais vraiment,
Cadet Rousselle est bon enfant.

Cadet Rousselle a trois chapeaux ; *(bis)*
Les deux ronds ne sont pas très beaux, *(bis)*
Et le troisième est à deux cornes,
De sa tête il a pris la forme.

Ah ! Ah ! Ah ! mais vraiment,
Cadet Rousselle est bon enfant.

Cadet Rousselle a trois beaux yeux ; *(bis)*
L'un r'garde à Caen, l'autre à Bayeux *(bis)*
Comme il n'a pas la vu' bien nette,
Le troisième, c'est sa lorgnette.

Ah ! Ah ! Ah ! mais vraiment,
Cadet Rousselle est bon enfant.

Cadet Rousselle a une épée *(bis)*
Très longue, mais toute rouillée ; *(bis)*
On dit qu' ell' ne cherche querelle.
Qu'aux moineaux et aux hirondelles.

Ah ! Ah ! Ah ! mais vraiment,
Cadet Rousselle est bon enfant.

Cadet Rousselle a trois souliers, *(bis)*
Il en met deux à ses deux pieds ; *(bis)*
Le troisièm' soulier de femme
Il s'en sert pour chausser sa dame.

    Ah ! Ah ! Ah ! mais vraiment,
Cadet Rousselle est bon enfant.

Cadet Rousselle a trois cheveux ; *(bis)*
Deux pour les fac's, un pour la queue ; *(bis)*
Mais son coiffeur avec adresse
Les lui met tous les trois en tresse.

    Ah ! Ah ! Ah ! mais vraiment,
Cadet Rousselle est bon enfant.

Cadet Rousselle a trois garçons ; *(bis)*
L'un est voleur, l'autre est fripon ; *(bis)*
Le troisième est un peu ficelle ;
Il ressemble à Cadet Rousselle.

    Ah ! Ah ! Ah ! mais vraiment,
Cadet Rousselle est bon enfant.

Cadet Rousselle a marié *(bis)*
Ses trois filles dans trois quartiers ; *(bis)*
Les deux premières ne sont pas belles,
La troisièm' n'a pas de cervelle.

    Ah ! Ah ! Ah ! mais vraiment,
Cadet Rousselle est bon enfant.

Cadet Rousselle a trois gros chiens, *(bis)*
L'un court au lièvr', l'autre au lapin, *(bis)*
L' troisièm' s'enfuit quand on l'appelle,
Comm' le chien de Jean Nivelle.

    Ah! Ah! Ah! mais vraiment,
Cadet Rousselle est bon enfant.

Cadet Rousselle a trois beaux chats, *(bis)*
Qui n'attrapent jamais les rats; *(bis)*
Le troisiém' n'a pas de prunelle;
Il monte au grenier sans chandelle.

    Ah! Ah! Ah! mais vraiment,
Cadet Rousselle est bon enfant.

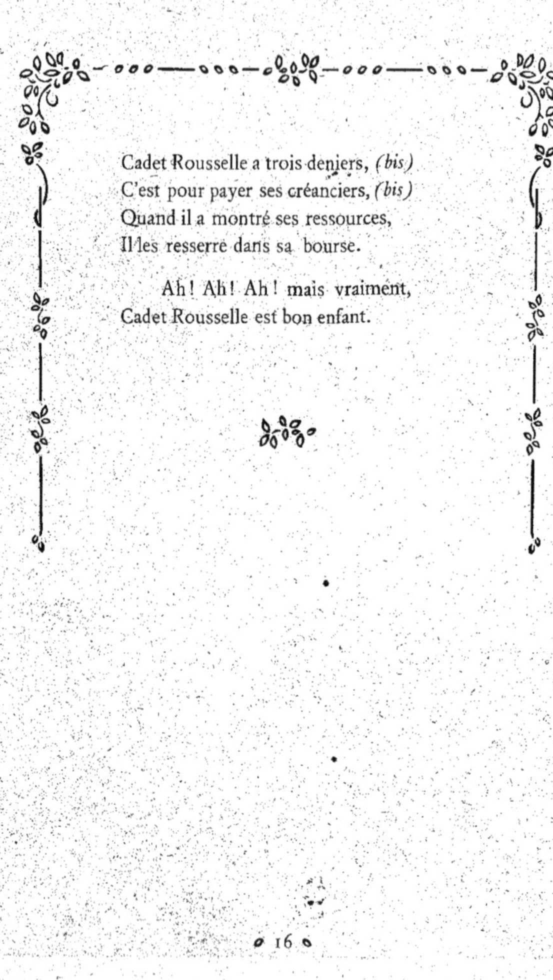
Cadet Rousselle a trois deniers, *(bis)*
C'est pour payer ses créanciers, *(bis)*
Quand il a montré ses ressources,
Il les resserre dans sa bourse.

Ah! Ah! Ah! mais vraiment,
Cadet Rousselle est bon enfant.

Cadet Rousselle s'est fait acteur *(bis)*
Comme Chénier s'est fait auteur; *(bis)*
Au café quand il jou' son rôle,
Les aveugles le trouvent drôle.

    Ah! Ah! Ah! mais vraiment,
Cadet Rousselle est bon enfant.

Cadet Rousselle ne mourra pas, *(bis)*
Car, avant de sauter le pas, *(bis)*,
On dit qu'il apprend l'orthographe
Pour fair' lui-mêm' son épitaphe.

    Ah! Ah! Ah! mais vraiment,
Cadet Rousselle est bon enfant.

CI-GIT
CADE

9 782329 196275